한
나
절

한나절

발행일	2019년 6월 12일		
지은이	정현		
펴낸이	손형국		
펴낸곳	(주)북랩		
편집인	선일영	편집	오경진, 강대건, 최예은, 최승헌, 김경무
디자인	이현수, 김민하, 한수희, 김윤주, 허지혜	제작	박기성, 황동현, 구성우, 장홍석
마케팅	김회란, 박진관, 조하라		
출판등록	2004. 12. 1(제2012-000051호)		
주소	서울시 금천구 가산디지털 1로 168, 우림라이온스밸리 B동 B113, 114호		
홈페이지	www.book.co.kr		
전화번호	(02)2026-5777	팩스	(02)2026-5747

ISBN   979-11-6299-732-1 03810 (종이책)   979-11-6299-733-8 05810 (전자책)

이 도서의 국립중앙도서관 출판예정도서목록(CIP)은 서지정보유통지원시스템 홈페이지(http://seoji.nl.go.kr)와
국가자료공동목록시스템(http://www.nl.go.kr/kolisnet)에서 이용하실 수 있습니다.
(CIP제어번호: CIP2019022541)

정현 시집

한
나
절

북랩 book Lab

목차

나약

가냘픈 이불의 손이
밤새 내 손을 잡았고
그 손, 쉽게 못 놓아
일어나지 못했다

앙상한 연필의 심이
쓰라리다 말했고
그 맘, 모두 내보여
적어 내지 못했다

나약하지 않으려
나약해진 나를
욕해 무엇 하나

우물

어쩌면 당신은
우물이 아닐까 생각해요

아직 그토록 깊이
내린 적 없어서
내려지는 두레박이
언제 닿을지도 모르고

아직 한 번도 가득히
떠올린 적 없어서
길어 내는 속마음이
얼마나 찼는지도 모르지만

당신이 마르지 않는다면
저 또한 그렇기에
괜찮다고 생각해요

철야

뻔뻔하게 밤을
훔쳐 달아난 낮은
철야가 되었다

짧은 터널 속을 지나듯
잠깐의 깜박임도
멈추지 않아야 했기에

짧은 밤도 아쉬워하며
당신을 생각하던
철야가 그리워진다

나도 눈 딱 감고 뻔뻔해져

많은 것을 훔쳤다면

느슨하게 잡아 놓쳤던 밤을

다시 찾을 수 있었을까

소란

일을 끝내고
조용히 집으로 가는 길

그런 고요 속에 발을
담그고 첨벙거렸다

소란을 내어
아직 끝나지 않은
어깨를 두드리자

울상 짓던 하루가
드디어 웃었다

불꽃

축제가 열리자 불꽃의 씨앗이
심심한 하루에 심겼다

불꽃놀이가 보여 준 풍경,
그 속엔 너의 웃음도 들어 있다

아무래도 불꽃의 씨앗이
나에게도 심긴 모양이다

하늘에 핀 불꽃은 이내 져 버렸지만
잠깐의 소중함은 오래도록 남아서
하늘 높이 자라고 있었다

인형

한 줌씩 채워 나간 솜이
인형을 일으켜 세웠다

하얘서 다정한 마음이
한가득 담겨 있어

푹신푹신한 인형의
따듯한 품이 생겼다

우리에게 있는 마음이
인형에게도 있나 보다

야광

태양을 바라보는 사람은 없다

　　　　눈부시지 않기에 빛났던 당신은

세상이 바라보는 달이 되어

　　　　별과 함께 빛날 자격이 있다

연꽃

여름이 연꽃에게 가고 있다

청초히 앉아 있던 연꽃은
너울거리는 꽃잎으로
여름의 볼을 어루만졌다

그 탓에 부끄러워진 여름이
수줍어하는 걸 알고 있을까

그 탓에 믿을 수 없이 뜨거운
계절이 오려 하는 걸 알고 있을까

유서

살랑대는 계절의 꽃을
다시는 못 본다 해도
아쉬운 것 없지만

갸웃하는 너의 물음엔
어떻게든 답하고 싶어
적기 시작한 유서,

못다 한 말을 담아 나간 편지엔
하고픈 말이 이렇게나 많았었나

아쉬움 남기고 떠날 수 없어

여백을 남겨야겠다

장난

어린아이의 장난은
순수하기에 무섭다

내 운명도 어린아이가
장난을 쳐 놓은 것 같아

어린 악의가 짓궂게
어질러 놓은 장난감을
세우면서 살고 있다

참 많이도 어질러 놓았다

기침

요란스러운 천둥의 마음을
이젠 알 것도 같아요

누군가의 걱정이 간절해
아픈 기침하며 등만 바라보다

가슴에 흠집 한번 내지 못해서
애꿎은 하늘만 울리는 거겠죠

그래서 천둥이 치면 누군가 빨리
그에게 대답해 주길 바라고 있어요

하품

추위의 마지막 발악이
어제를 막 지나갈 무렵

그새를 참지 못한
청개구리의 울음이
자고 있던 연못을
닦달하며 깨우자

쫓겨나 갈 곳 잃은 졸음은
연못을 아장아장 나와선

내게 들어오려 새근새근
하품을 기다리고 있었다

요정

아주 오래 전엔
요정이 살았어요

많은 사람들이
그 사실을 알았고

행복의 부스러기를
머리맡에 슬며시 떼어 두고
잠이 들었죠

없을 거라 믿는 사람들이
많아진 지금에도

어디선가 분명 누군가의 행복을

기다리고 있을 거예요

정오

꺾인 꽃들이
여린 손을 모아서
숲에 수의를 입힐 동안

이리저리 숲을 뛰어놀다
지친 향기들과 함께
꽃의 장례식을 지켜봤다

만약 숲에 묻힌 내게
누군가 찾아온다면
이처럼 마중 나와 달라
향기에게 귀띔했다

철없이 웃던 향기가
다시 숲을 헤집었다

물맞이

너무나 많은 것을 흘려
얼룩이 생겼어도

여기 있는 그 누구도
그것에 대해
묻지 않을 것입니다

다만 야금야금 새어나가
어느 순간 비어 버린 마음이
가득 차길 바라고

모진 세상이 마음을
엎질러 실망하여도

다시 담길 바라기에
소박한 축제를 엽니다

복숭아

분주한 과수원엔
복숭아가 되고 싶어
평생을 자랐지만

흉내만 내다 떠난
복숭아가 여럿 있다

부르르 떨던 잔가지를
끝내 놓지 않던
나뭇잎이 푸르르 떨었지만

하룻밤 편하자고
애써 외면하며
노을을 놓아 떨구었다

추억

다정한 그대 모습이
희미하지만 남아 있어요
야속한 시간이 미울 뿐이죠

행여 제게 오는 길을 잃어
복잡한 마음을 헤매어도
해 저물지 않는 추억 속에서

꼭 돌아와 주세요

가야금

무릎에 누워도
눈 감을 수 없던 것은
졸리지 않아서가 아니오

곧 있으면 저려올
당신의 다리보다
홀로 될 제 마음이
더 저려올 것이니

밤하늘에 달이 당신을
불러 재촉하실 때마다
바람에게 부탁해
구름으로 달을 가리고

조금만 더 함께이고 싶소

우연

흙과 물, 햇빛과 사랑의
미묘한 온도까지도 조절하지 못한

부족함 때문에
꽃이 피지 못했다

꽃의 미움을 잔뜩
받고 있을 것 같아
다급해진 마음은

우연히, 아주 우연히라도
꽃을 피우고 싶어졌다

통로

이 교도소에는 몇십 년을
여기서만 보낸
늙은 죄수가 하나 있다

이미 출소하고도 남았을 죄를 짓고
들어왔지만 계속되는 탈옥 시도로
그는 교도소를 벗어나지 못했다

이제 그만 돌아가도 된다 하여도
그는 나지막이
스스로 정하겠다 말했다

어느새 벌써 약속한 날이 왔다
난 다시 통로를 열고 눈을 감았다

열차

앞을 보는 한 사람이 열차를 움직인다

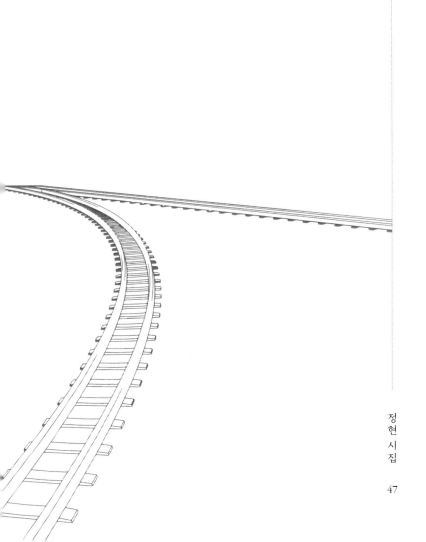

신호등

횡단보도를 앞에 둔
신호등 옆에 기대
차 한 대 서 있지 않은
도로를 마주했다

지키지 않은 약속이 떠올라
이번 신호도 어기지 못하고
등불에 기대고 있다

신호등이 초록불로 손짓하며
지나가도 괜찮다 말해도

아마 건너지 못하는

나는 빨간불이다

한나절

나는 그래서 살았다
말하고 싶어서

죽어 있는 모든 것의
의미를 지었다

조금의 숨이라도
붙여 주며
조금의 숨이라도
받고 싶어

나도 알 수 없는
한나절을 보냈고
영원히 알 수 없는
오늘을 보냈다

자랑

태어난 모든 것들이
자랑 속에 있었다

새초롬히 뜬 별은
밤하늘의 자랑이고
넘실대는 파도는
바다의 자랑이다

꼿꼿이 선 꽃이
흙의 자랑인 것처럼
내세울 것 없는 나 또한
누군가의 자랑이고 싶었다

서로가 서로에게 사랑이 되고 싶었다

미로

출구가 있기에
갇혀 있지 않다

막다른 곳에 다다라도
나는 미로를 나가는 중이며

끊임없이 배회하고
어기적어기적거리다

곳곳에 남아 쌓인 발자국은
하나의 지도를 그리는 중이다

낯과 밤이 있는 미로 속에서

헤맴은 없었다

준비

일찍이 아침을 적시는
하루의 준비가 내리면

우리가 몸을 씻고
기지개를 펴듯

세상도 활짝 기지개를
펴고 일어난다

개운하게 일어나
하루를 준비하는 행복을
하늘은 알고 있다

욕심

끝내 버리지 못해서
울며 키우지만

가진 것을 모두 주어도
나가지 않는 욕심,

내심 안 나가길 바라는 마음을
이미 알고 있다는 듯

배부르지 않는
몸통을 부여잡고
세상 편하게 누워
마냥 웃기만 하는 것이

왜 이리 얄미울까

조각

여기저기 뿌려 둔 조각들은
지금쯤 어떤 빛을 내고 있을까

개울가에 두고 온
별가루가 특별히 더 보고 싶어
나는 떠났네

그렇게 별의 호수를 보고 있자니
다른 조각들도 보고 싶어
다시 나는 떠났네

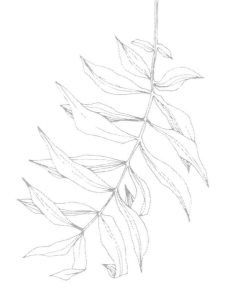

나비

하늘을 곱씹던 애벌레
풀잎을 꼭꼭 씹으며
날개를 만들고 싶었겠지

바라던 나비가 돼서
꿀맛을 보겠다 다짐하고
이빨을 모조리 버렸겠지

그런 나비도 잎의 맛이
그리워지는 날이 온다면
땅을 기던 발자국과
힘을 다한 날개가 만나

수없이 많은 꽃의
생명을 낳은 탓이겠지

소원

우리에게 오려고
우주부터 줄지은
별들이 다소곳이
차례를 기다렸다

오랜 시간을 기다린 것이
얼마나 억울했던 걸까
아주 빠른 속도로 우리를 향했다

그렇게 바랐음에도 차례를
꼭 지켰던 별들이기에
나의 간절함을
들어줄 것만 같았다

낙엽

휑한 가지가 외로워 보여
낙엽은 떨어지지도 못했나

생기를 잃어 가는 순간에도
손 맞잡고
그간 정을 떼어 내고 있다

나무와 멀어지지 말고
되도록 그 아래
바로 떨어져
뿌리까지 덮어라

마지막의 마지막까지도
마음은 떠나지 못하겠다면

뿌리까지 덮어라

서리

오늘의 날씨가
서리를 입었다

새 옷이 이뻐 보여
너도나도 따라 입은 서리,

따뜻한 햇볕이 비추자
서리 옷은 스스로 떠났고

속 깊은 마음이
사라진 것을
슬퍼하던 계절이
조용히 울었다

반쪽

마음이 반쪽만 남았다면
나머지 반쪽이 어디엔가
살아 숨 쉬기 때문이다

아마 지금도
들꽃을 보면 해맑게
웃으며 뛰어놀고
그러다가도
도로에 차들이 무서워
샛길로만 다닐 텐데

지금은 그렇게
다른 이의 반쪽짜리 마음을
하나 더 만들어 채우고
어디선가 잘 지내고 있을 텐데

그저 가만히

알아요
나서는 것이 쉽지 않다는 걸

두고 간 우산처럼
놓여 있었을 뿐인데

비가 온다 하여 아무에게나
쉽사리 갈 수 없던 것뿐이죠

그저 가만히 비가 오는 걸
보고만 있는 것이
사실은 누구보다
안타까울 텐데요

진눈깨비

우린 함께 내렸지만
저의 체온은 조금 더 높아
눈 속의 비가 되었었고

당신의 체온은 조금 더 낮아
비 속의 눈이 되었었죠

나는 지금 어떤 온도에서
살고 있는지

저는 그것이 궁금해
진눈깨비 오는 날이면
굳이 밖에 나가
온종일을 걷습니다

위로

야옹 야아옹
우리 동네 골목은
곱게도 울었다

야옹 야아옹
술에 취해 주저앉으면
울음은 더 선명해져서

야옹 야아옹
천천히 내게 오는 고양이를
알아챌 수 있었다

그 언어가 듣기 좋았던 나는
야옹 하며 따라 중얼거렸다

지각

오늘 꾸는 꿈을
기대한 나머지
지각을 하고 말았다

허겁지겁 바닷속에 들어가
물고기의 춤을 보려 했지만
덩치 큰 고래에 가로막혀
아무것도 보이지 않았다

금방이라도 깰 것 같아
쩔쩔매던 나의 모습에

떠다니던 진주알은 고래보다
더 높은 곳에 데려다 주었고

이제 물고기의 춤을 볼 수 있다
생각하던 찰나에
또 다른 지각을 하고 말았다

정원사

솜씨 좋은 정원사

초록빛 머릿결을 다듬으며
시원스레 감겨 주는 정원의 친구

풀잎을 간지럽히는
해맑은 웃음의
정원의 햇빛은
언제나 충분했고

꺾임은 있을 수 없는
생명의 정원은
살아 있음이 가득했다

놀이공원

놀이공원을 약속하며
놀이공원보다 더 즐거운 하루를
기다렸죠

우리의 만남은
놀이기구의 톱니처럼
하나의 세상을 움직이고

조금의 긴장감을 갖고
위험 속을 함께하죠

당신이 회전목마 아래

숨겨 놓은 이별의 안녕을

다시 한 번 약속해요

미끄럼틀

넘어진 채 미끄러져야
즐거이 탈 수 있는

길고 긴 미끄럼틀에
손잡이는 없으니

오직 바람소리만이
여태 살아왔던 무게를
세차게 알려 달라

그리해서 놀이가 된다면
몇 번이고 다시 오르리다

적막

밤하늘에 달이 사라져도
우리는 꼿꼿이 걸을 수 있을까

바닷속에 던져진 듯이
깊어져만 가는 밤 속에서
달빛의 부재를 견디며
꼿꼿이 걸을 수 있을까

선을 긋고 그 위를 걸어 나가는 것은
의외로 중요할지도 모른다

그런 생각이 들자
밤하늘에 달이 사라졌다

어긋남

비처럼 내려도 물방울이
될 수 없으며
물감처럼 섞여서
새로운 색을 낼 수도 없다

하나가 될 수 없는 우리는
나약한 걸음이 눈 감은 달을 틈타
다른 이의 선을 넘나들어도
아무도 알아채지 못한다

달을 잃은 밤이 계속해서 깊어져 갈 때
어긋나는 소리에 귀를 기울여라

바닥

선이 밤을 난도질하고 이후에
도려내지는 하늘의 한 조각이
머리 위로 떨어져
달의 의자가 사라지기 전에

돋보기를 위로 들어 찾아야 한다

바닥을 더듬어서라도
서로 부딪히지 않아야 하며
영원히 깊어져 가는 밤에서도
위태로이 걷지 않아야 한다

그럼에도 하나가 될 수 없어
난도질은 멈추지 않는다

기회

조각이 된 밤하늘이 떨어져
어리둥절해할 때

너의 선은 어디에 그어져 있는가
이제 다시 찾아도 웃지는
못할 달을 그리고만 있진 않은가

너에게도 달빛이 들어
달가루가 묻어 있다면
너는 난도질을 멈출 방법을
알고 있다

꼿꼿하게 걷지 못했다 해도
떳떳하지는 않은 너라면
아직은 기회가 있다

필요

이제 달은 어디에도 없다
먼 과거에서부터 이어져 온 선이

지금까지 끊이지 않았던 것은
달 때문이 아니며
당신이 걸음마를 시작한 것 또한
달 덕분이 아니란 것을 알고 있다

올곧은 선을 긋는다는 것은
흰 종이와 연필 한 자루면
되는 간단한 일임에도

항상 연필을 들고 다니진 않기에
언제나 할 수 있는 일은 아니다

방랑

만약 별 하나가 사라진 거라면
이 난리는 나지 않았을 것이라
억울하지 않을 수가 없다

너는 달가루가 묻은 별

외로움이 싫었지만
외로운 밤을 보내야 했던
구부러진 방랑자

혼자 남아도 지도를 그릴 수 있다면
흰 종이와 연필은 두고 가겠다

색은 사라지고

　　명암만 남았던 밤이다

외면

안타깝게도 모두에게
달빛이 스미는 것은 아니다

네가 두 눈을 깜박거리며
도대체 모르겠단 표정으로
고개를 들어도

하늘은 어쩌지 못한 이유로
너를 외면했을지 모른다

그것은 어쩌면
아무도 너의 천장을
치워 주지 않아서

미처 거기까진 손이 닿지 않은
키 작은 달빛은
의도치 않게 너를 외면했다

그림자

너의 손을 잡아 주던 그림자는
차가워진 바닥이 불편해

가장 먼저 떠날 것이다

그림자가 밟히던 것은
보다 못한 너의 마음을
대신해서 지키려 한

가장 묵묵한 사랑이자
그렇게나 많은 경고였다

깊어져 가는 밤 속에도
그를 만나고 싶다면
등을 맞대고 누워

달이 있던 자리를 바라봐라

종

누군가의 종소리가
하늘을 깨트리고 있다

금이 가 있던 하늘은
더는 오래 견디지 못하고
하나둘 떨어지고 있다

틈 사이로 쏟아지는 달빛
그 너머 숨어 있던 달이 나타났다

용서를 바란다면
부끄러운 선을 지우고
천장을 치워라

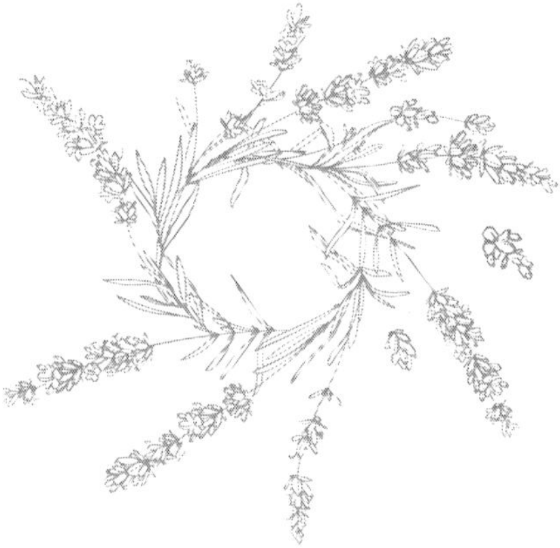

빛

당신의 이름은
사랑으로 지어졌고

저마다의 글자로
불리고 있다

당신의 마음은
빛으로 반응하고

저마다의 사랑으로
불리고 있다